Tchem

TEHEM

Malika Secouss

1 RÊVES PARTIS

Glénat

DU MÊME AUTEUR :

TIBURCE T.1, *Ilet Itby.*
TIBURCE T.2, *Votez Law-Law.*
TIBURCE T.3, *Chacun ses brèdes.*
TIBURCE T.4, *À cons. de préf. régionale.*
Centre du Monde Éditions

MALIKA SECOUSS T.1 : *Rêves partis*
MALIKA SECOUSS T.2 : *Crise de têtes*
MALIKA SECOUSS T.3 : *Crache ta joie*
MALIKA SECOUSS T.4 : *Groove ton chemin*
MALIKA SECOUSS T.5 : *Fais pas ta star*
Éditions Glénat

Tchô! La collec...
Collection dirigée par J.C. CAMANO

Dépôt légal : septembre 1998
Achevé d'imprimer : février 2003
Imprimé et relié en France par Pollina s.a. - 85400 Luçon - n° 89108

CRÏÏNNNN.
ET MEEEERDE!
MFFF
BON. ON L'ACCROCHE OÙ, MAINTENANT ?!?...
Tehem 97

BOOOF
BRUÎT
TIKITIKI
BOOF
TCHIC
BATT
TCHIC
BOOOF
TCHIC
BOOOF
J'CROIS QU'ON A FRAPPÉ !
?
BONJOUR ! JE VIENS D'EMMÉNAGER AU 4ème... POUR VOUS REMERCIER DU CHARMANT BRUIT DE FOND, VOICI UN MODESTE PRÉSENT !...
C'EST SYMPA, NON ?
TROP.
CE MEC EST PAS NET ! N'OUVRE PAS, MALIKA !
T'INQUIÈTE !
?
COOOOOL ! DES BLOUSONS !
TU VOIS, Y'AVAIT PAS DE QUOI FLIPPER !
Téhem 97

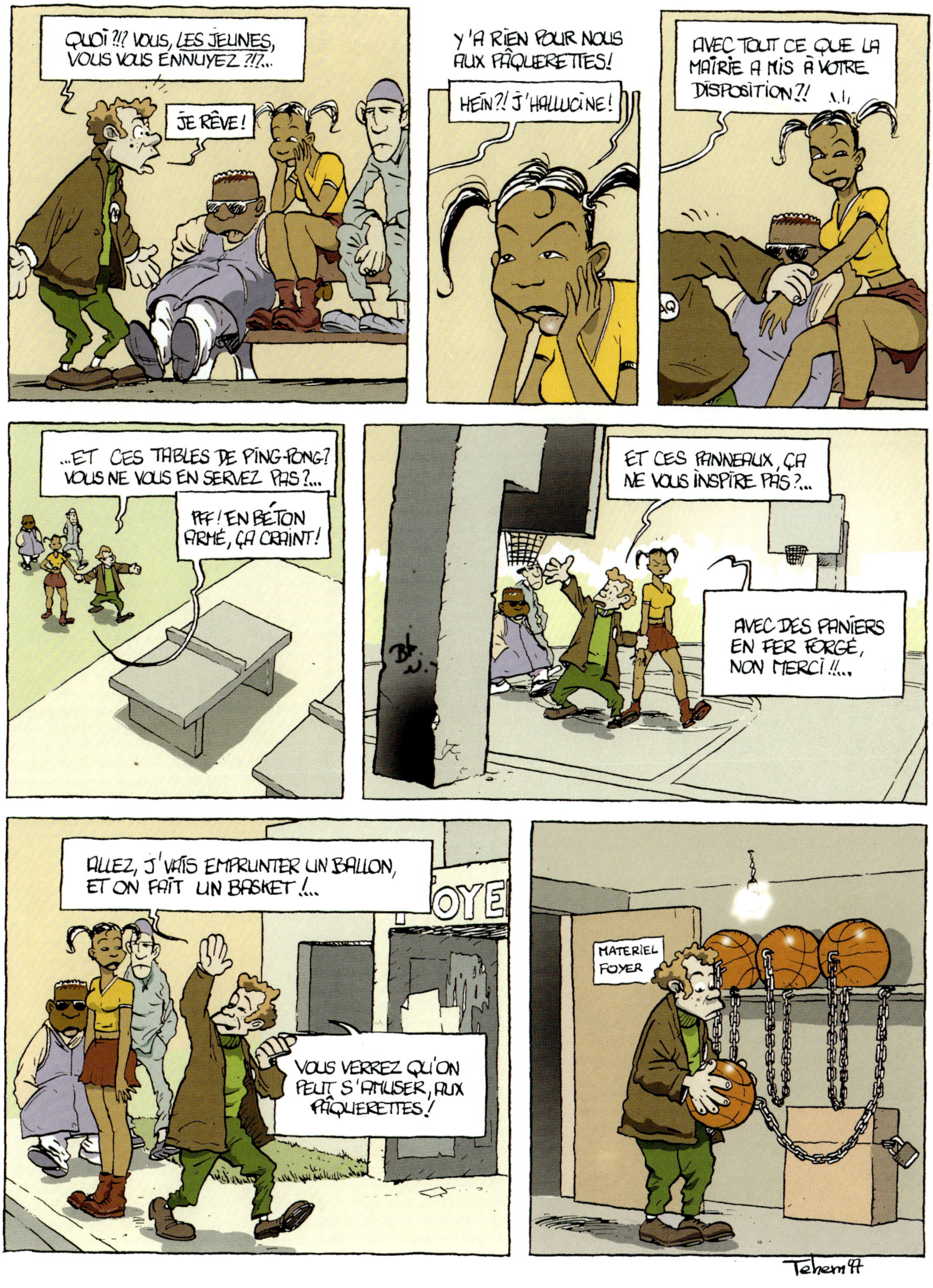
QUOI ?!? VOUS, LES JEUNES, VOUS VOUS ENNUYEZ ?!?...
JE RÊVE !
Y'A RIEN POUR NOUS AUX PÂQUERETTES !
HEIN ?! J'HALLUCINE !
AVEC TOUT CE QUE LA MAIRIE A MIS À VOTRE DISPOSITION ?!
...ET CES TABLES DE PING-PONG ? VOUS NE VOUS EN SERVEZ PAS ?...
PFF ! EN BÉTON ARMÉ, ÇA CRAINT !
ET CES PANNEAUX, ÇA NE VOUS INSPIRE PAS ?...
AVEC DES PANIERS EN FER FORGÉ, NON MERCI !!...
ALLEZ, J'VAIS EMPRUNTER UN BALLON, ET ON FAIT UN BASKET !...
FOYE
VOUS VERREZ QU'ON PEUT S'AMUSER, AUX PÂQUERETTES !
MATERIEL FOYER
Tehem 97

?
LULU
L.P.
PLATEAU SPORTIF P.NERUDA
ET ÇA, C'EST PAS UN CERTIFICAT MÉDICAL ?!?...
Tehem 97

BONJOUR, MA GRANDE! PEUX-TU ME RENDRE UN PETIT SERVICE ?...
ÇA SERAIT DE ME FAIRE QUELQUES COURSES AU SUPERMARCHÉ !...
BIEN SÛR, MONSIEUR!
?
MOI, CH'PEUX PLUS... À CAUSE DE MON ARTHROSE!
J'AI PRÉPARÉ UNE PETITE LISTE!
MAMOUPRIX
DÉJÀ?! AH! VOUS AVEZ DE LA CHANCE D'ÊTRE JEUNES!
TIENS! POUR TA GENTILLESSE!...
NON, NON!... C'EST PAS LA PEINE!...
T'ES COMPLÈTEMENT TAPÉE, MALIKA! REFUSER DU FRIC, À NOS ÂGES!
ET LE RESPECT DES ANCÊTRES, TU T'ASSOIS DESSUS ?!?
MERDE! J'AI OUBLIÉ DE LUI DEMANDER DES CLOUS!
ANARCHIE ACTIVE
ANARCHI ACTIVE
Tehem 97

JE CHERCHE "GUERRE ET PAIX" DE TOLSTOÏ !... AURIEZ-VOUS ÇA ?...
?!? HEU... BIEN SÛR, DOOLEY... ÇA FAIT PLAISIR DE TE VOIR ICI DE TEMPS EN TEMPS !...
... C'EST BIEN EN DEUX TOMES, N'EST-CE PAS ?
TOUT À FAIT !
AH. VOUS N'AURIEZ PAS L'ÉDITION DE 1928, RELIÉE CUIR ?!?
?!? HEU... OUI !
GUERRE ET
J'AVOUE QUE TON INTÉRÊT SOUDAIN POUR LA LITTÉRATURE ME SURPREND...
IL ME FAUDRAIT AUSSI LE DICTIONNAIRE PHILOSOPHIQUE EN QUATRE VOLUMES.
JE N'OSE L'IMAGINER !
CHUT !
AURAIT-IL ENFIN COMPRIS...
...QU'IL Y A AUTRE CHOSE QUE LE SPORT DANS LA VIE ?
Tehem 97

LA MAIRIE A GÉNÉREUSEMENT PROPOSÉ AUX JEUNES DU QUARTIER DE RÉALISER UNE FRESQUE SUR UNE DES FAÇADES DE LA CITÉ !
C'EST LE MOMENT OU JAMAIS !
POUR UNE FOIS QU'ON VOUS AUTORISE À VOUS EXPRIMER SANS CONTRAINTES !...
... NE VOUS PRIVEZ PAS DE CE PLAISIR ! CRÉEZ ! LAISSEZ-VOUS ALLER !
VOUS AVEZ CARTE BLANCHE, POUR LE THÈME !...
CEPENDANT...
... IL SERAIT JUDICIEUX DE TRAITER DU THÈME DU MÉTISSAGE CULTUREL !
... ENFIN, VOUS FAITES CE QUE VOUS VOULEZ !...
?
... MAIS MOI, SI J'ÉTAIS VOUS, JE REPRÉSENTERAIS PLUTÔT L'ASPECT COMMUNAUTAIRE DE LA VIE EN CITÉ !...
?
... J'VEUX PAS VOUS INFLUENCER, MAIS...
... QU'ON EN SACHE DAVANTAGE SUR CEUX QUI HABITENT CES CITÉS ANONYMES, QUOI !
FOU
RACISTE
VOLEUR
AMANTS
DEALER
CON
GROS CON
MATEUR
AQ
Tehem 97

COMMENT ÇA, "DE DRÔLES DE BRUITS DANS VOTRE APPARTEMENT" ?!?
EST-CE QUE JE ME PLAINS, MOI, DE TA MUSIQUE À FOND TOUTE LA JOURNÉE ?!.
J'ESSAIE JUSTEMENT DE COUVRIR LE BOUCAN QUI VIENT DE CHEZ VOUS !!
MAIS J'Y ARRIVE PAS!
C'EST PAS UNE GRANDE SAUTERELLE COMME TOI QUI VA FAIRE LA LOI, NON ?!
DE TOUTE FAÇON, VOUS N'AIMEZ PAS LA JEUNESSE, ALORS!..
MOI, J'AIME PAS LA JEUNESSE ?! BEN C'EST LA MEILLEURE DE L'ANNÉE, CELLE-LÀ !! AVEC CE QUE JE FAIS POUR ELLE !!..
?
ALORS, BANDE DE FEIGNASSES! IL PARAÎT QU'J'AIME PAS LES JEUNES ?!?
Tehem97

ARRÊTE-TOI, FRANCIS ! ON A OUBLIÉ D'EN METTRE SUR CE BÂTIMENT-LÀ !...
MERDE ! Y'A DU MONDE
ALLEZ, FAIS PAS LA TÊTE, JEFF ! IL S'AGIT SEULEMENT DE METTRE QUELQUES AFFICHES POUR LE CINÉ-CLUB !...
...QUE JE ME FERAI UN PLAISIR DE RECOUVRIR !... HIN ! HIN ! HIN !
TU TE RENDS COMPTE ! "UNE TOUTE PETITE" DE BOGDANINOV N'A ÉTÉ PROJETÉ QUE TROIS FOIS DEPUIS SA CRÉATION !
CINÉ club
CYCLE BOGDANINOV
...LES GENS NE PEUVENT PAS RATER UN TEL CHEF-D'OEUVRE !
À MOI DE JOUER !
LA FRANCE AUX FRAN$ÇAIS
La Horde Urbaine
DES MECS QUI EN ONT
LA FRANCE AUX FRAN$ÇAIS
La Horde Urbaine
DES MECS QUI EN ONT
"UNE TOUTE PETITE"
Tehem 97

SANCHEZ!
LES SANCHEZ DU TROISIÈME?
OUAIS!
CHTLKKKLIIING
ET NON!
ABDELAKIM!
RATÉ!
KLIINK
KAPORSKI!
CHKLiiiNG
TOUCHÉ... DIOUF?
TCHLiiiNG
PORTE-AVIONS COULÉ.
Tehem 97

CHOP
ACCÈS AU TOIT
EXIT
T'AS PAS L'IMPRESSION QUE LA MAIRIE S'EST FOUTUE DE NOUS ?!?

REGARDEZ CE QUE LA MAIRIE VOUS A OFFERT : C'EST PAS FORMIDABLE, ÇA ?
"LE "MUR D'ESCALADE PÉDAGOGIQUE" !...
?
?
?
LE PRINCIPE EST SIMPLE : LE MUR VOUS POSE DES QUESTIONS, ET À CHAQUE BONNE RÉPONSE, UNE PRISE APPARAÎT EN DISANT "BONJOUR" !
SYMPA, NON ?
QUELLE EST LA CAPITALE DE LA JAMAÏQUE ?
TIENS, ESSAIE, DOOLEY !
?
HEU... KINGSTOWN !
BONJOUR !
KLANG
?!
L'INGÉNIEUR A TOUT PRÉVU !...
LES QUESTIONS SONT DE PLUS EN PLUS FACILES !...
QUEL EST TON PRÉNOM ?
DOOLEY.
BONJOUR !
KLANG
ES-TU D'ORIGINE FRANÇAISE ?...
?! HEU... NON.
AU REVOIR !
Tehem 97

GNOK
KLANG
BONG
LHU
KLANG
Raconte Ta cité
HEU... C'EST PAS TOUT À FAIT CE QUE J'ENTENDAIS PAR "VOUS VOUS OCCUPEREZ DES FAITS DIVERS"...
?
LA GAZETTE DE LA CITÉ
Tehem 97

MAIS ?!... ÇA SENT... VOUS FUMEZ ...DE LA DROGUE ?!?...
PFF!
BEN?!... C'EST UNE IDÉE À TOI !...
QUOI ?! UNE IDÉE À MOI ?! FUMER DU HAKIK ?!?... ÇA M'ÉTONNERAIT !!!
HEU, L'AUTRE, HÉ ! C'EST PAS DU HAKIK, C'EST DES FEUILLES DE MENTHE !
MOI, C'EST DU LAURIER !...
ET MOI DU THYM !...
...VOUS N'AVEZ RIEN D'AUTRE À FAIRE QUE DE VOUS RENDRE MALADE ?!!...
...FAITES DU SPORT, DE LA CRÉATION ARTISTIQUE ! ...RIEN NE VAUT LA SAINE ÉMULATION DE LA COMPÉTITION !
BEN... C'EST CE QU'ON FAIT !...
...UN SUPER CONCOURS DE VOMI ARTISTIQUE !
Tehem 97

SALUT, DOOLEY!
AAAAH!!
TIRE-TOI, JEFF! JE FAIS UNE BLAGUE À MALIKA!...
HAA OUAIS D'ACCORD
?
J'PENSAIS PAS QUE ÇA POUVAIT FAIRE SI MAL, UN COUP DE PIED AUX FESSES!..
Tehem 97

LE CONCOURS DE CHÂTEAUX DE SABLE EST UN SUCCÈS, CETTE ANNÉE !...
C'EST NAZE !
OH LE ZOLI SÂTEAU-FORT !
FABULEUX, LES ENFANTS, CONTINUEZ COMME ÇA !
?!
DIS DONC, JEFF...
T'AURAIS PU LAISSER UN PEU PLUS DE SABLE AUX AUTRES !...
HÉHO ! J'AI PAS UTILISÉ **UN SEUL** GRAIN DE SABLE !...
...UNIQUEMENT LES CROTTES DE CHIEN !
Tehem 97

POUR ÊTRE LE ROI DANS TA CITÉ
IL FAUT MONTRER TES CAPA-CITÉS!
FINI LA FRIME! FINI LE CRIME!
BOOF BOOF
AUX PÂQUERETTES ON FAIT LA FÊTE... ME PRENDS PAS LA TÊTE AVEC TES SORNETTES!
PITCH BOOF BOOF
PITCH BOOF BOOF
PITCH BOOF BOOF
BON... JEFF, SI TU NE LE SENS PAS, LAISSE TOMBER!
PITCH BOOF BOOF
GRAT GRAT
PLUS GROS QU'UN BOEUF
PLUS CON QU'UN OEUF,
PAS DE BLUFF
C'EST LE KEUF!
POLICE
Tchem97

OÙ TU VAS, MALIKA?
J'AI UN RENCARD AVEC CARLOS.
?!
CARLOS LE TARÉ DE LA CAVE 29 ?!?... TU SORS AVEC LUI?!...
MAIS NON!
...ET PUIS D'ABORD, IL EST PAS TARÉ, IL EST MAGE, IL PRÉDIT L'AVENIR!...
PFF!
HIER, J'AI PASSÉ UN ENTRETIEN D'EMBAUCHE CHEZ "DAN BURGER"...
...ET J'AI DEMANDÉ À CARLOS SI J'ALLAIS AVOIR LE JOB!
ET ALORS?
IL M'A DIT DE REPASSER CET APRÈM'!...
RAVE PARTY
29
CARLOS
L'AVENIR est pour DEM
AH! SALUT, MALIKA!
L'AVENIR
J'AI UNE BONNE NOUVELLE!
TU SERAS EMBAUCHÉE.
DB
Tehem97

MAIRIE
?
Joyeux Noël !
la mairie
Tehem97

DITES DONC, LES GARS! CE BANC, IL EST PAS SUR LE TERRITOIRE DE LA "HORDE URBAINE", PAR HASARD ?!...
OUAIS!
AÏE AÏE AÏE
5MAJEUR
TIENS, VOILÀ LA SECTE DE CEUX QUI EN ONT UNE TOUTE PETITE !...
AÏE AÏE AÏE
CATASTROPHE! J'ARRIVE À TEMPS!
ALLONS! LES ENFANTS!...
...ALLONS IL Y A D'AUTRES MOYENS QUE LA VIOLENCE POUR RÉSOUDRE LES CONFLITS!...
POURQUOI NE PAS RÉGLER CE PETIT DIFFÉREND SUR UNE TABLE DE PING-PONG ?!...
Tchem97

WAH! TU DESSINES VACHEMENT BIEN LES "DRAGON BALL" !...
EH BIEN, LES GARÇONS! QU'EST-CE QUE C'EST QUE CE LIVRE PAR TERRE ?!?
BEN... UN MANGA!
GON contre les extraterrestres
MAIS... C'EST DU JAPONAIS! VOUS LISEZ LE JAPONAIS?
BEN NON... ON S'EN FOUT, C'EST PAS POUR LIRE !...
QU'EST-CE QUE VOUS EN FAITES, ALORS ?!
JEFF REPRODUIT LES DESSINS! C'EST LA CLASSE, NON ?!...
POURQUOI NE PAS ESSAYER DE LIRE UN VRAI ROMAN ?!
IL Y A DES TAS D'AUTEURS ACCESSIBLES AUX ESPRITS LES PLUS SIMPLES!...
J'AI JUSTEMENT QUELQUES LIVRES À VOUS CONSEILLER!
TON "DRAGON BALL" ÉTAIT VACHEMENT PLUS RÉUSSI.
Tehem 97

COURAGE, C'EST LE DERNIER !
MODULEX©
C'EST QUOI, CES MACHINS ?!
UN CADEAU DE LA MAIRIE !...
... UN JEU DE CONSTRUCTION GÉANT, AVEC DES PIÈCES MODULABLES !... ON PEUT CRÉER N'IMPORTE QUOI : UN TOBOGGAN, UN TOURNIQUET...
?
MODULABLES ? EN TOUT CAS, CES DEUX-LÀ S'EMBOÎTENT PAS DU TOUT !...
CELLES-LÀ NON PLUS !
EH ! J'AI TROUVÉ LE TRUC ! ... FAUT ALIGNER LES PETITES FLÈCHES ROUGES !
C'EST BEAUCOUP MOINS MODULABLE QUE PRÉVU, MAIS ENFIN...
ET VOILÀ !...C'EST LA DERNIÈRE !...
J.P. ! J'AI TROUVÉ ENCORE UNE PIÈCE !
AH BEN CELLE-LÀ, ELLE N'A PAS DE FLÈCHE ROUGE.
Tehem 97

SUPREME SMB
SMB
SMB MAG
SUPREME SMB
NBA
CHICAGO BOULES
BASKET
PANINI
PANINI
MATELAS CALINUIT
RONFLE
DULLO
SOMMIER MAGAZINE
DODO INFO
TRECA

Tchery 97

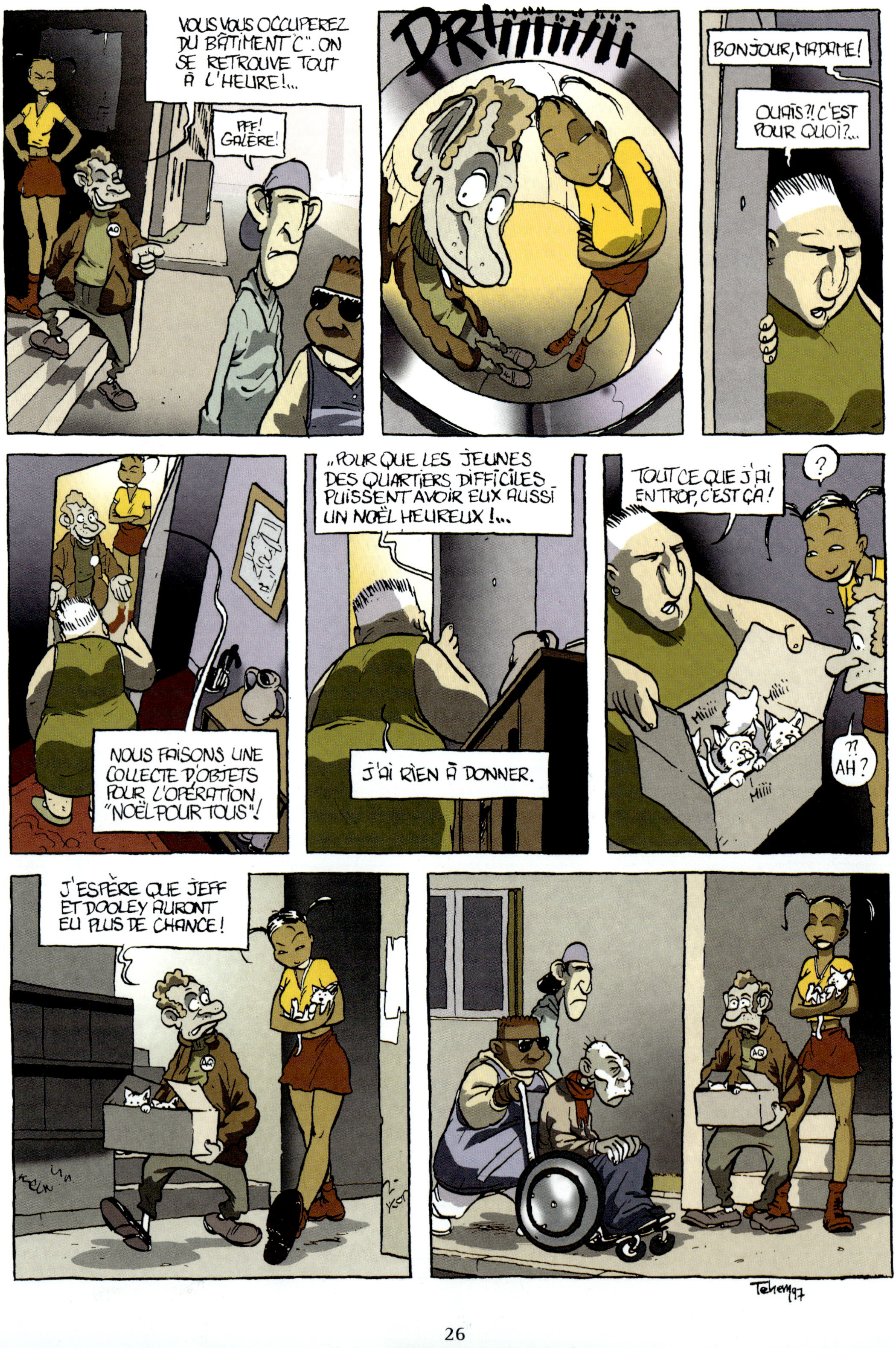
VOUS VOUS OCCUPEREZ DU BÂTIMENT "C". ON SE RETROUVE TOUT À L'HEURE!...
PFF! GALÈRE!
DRIIIIIIIII
BONJOUR, MADAME!
OUAIS?! C'EST POUR QUOI?...
NOUS FAISONS UNE COLLECTE D'OBJETS POUR L'OPÉRATION "NOËL POUR TOUS"!
...POUR QUE LES JEUNES DES QUARTIERS DIFFICILES PUISSENT AVOIR EUX AUSSI UN NOËL HEUREUX!...
J'AI RIEN À DONNER.
TOUT CE QUE J'AI EN TROP, C'EST ÇA!
?
Miiii
?? AH?
J'ESPÈRE QUE JEFF ET DOOLEY AURONT EU PLUS DE CHANCE!
Tehem 97

BEN ALORS, MALIKA ? TU NE TE BAIGNES PAS ?
PISCINE
L'EAU A UNE DRÔLE DE COULEUR !...
...ET PUIS J'AI AUTRE CHOSE À FAIRE !...
TU DEVRAIS EN PROFITER ! TOUT LE MONDE N'A PAS UNE PISCINE À PROXIMITÉ DE CHEZ SOI !...
ET EN PLUS...
ELLE A L'AIR SUPER BONNE !
NON MERCI, JE TIENS À MA SANTÉ !
ALLONS ! LA MAIRIE EST SOUCIEUSE DE LA QUALITÉ DE VIE DE SES ADMINISTRÉS !
TU PARLES !
BEUH ! 'FAUT PAS ÊTRE AUSSI NÉGATIVE, ENFIN !
Tchem 97

HEP!
Collège Privé Saint-F
ALORS, MORVEUSE ? TU M'AS APPORTÉ UN DE TES NOMBREUX CADEAUX DE NOËL ?..
OUI OUI !!
DANN'S
M'EN FOUS ! DE TOUTE FAÇON, C'EST PAS MA TAILLE !!
C'EST POUR OFFRIR À MA PETITE VOISINE... QU'A RIEN EU POUR NOËL PARCE QU'ELLE EST PAUVRE !
T'ES UNE SORTE DE ROBIN DES BOIS, QUOI ?!
ET EN PLUS, ILS VIVENT À SEPT DANS UN F2 !!
OUAH ! UN CADEAU ! QU'EST-CE QUE... ?!
C'EST UNE FILLE QUI VIENT M'OFFRIR UN HABIT DE BLANCHE-NEIGE !
CIRQUE RINGLAND
CAT
MINIATURES MAG
Tehem 97

TIENS ! BONJOUR DOOLEY ! TU NE MANQUERAS PAS DE CALORIES, DIS DONC !...
MANGER, C'EST BIEN !...MAIS IL NE FAUT PAS NÉGLIGER LA NOURRITURE INTELLECTUELLE POUR AUTANT !...
MILKO
...À CE PROPOS, J'AI QUELQUES LIVRES À TE CONSEILLER !...
SALUT, DOOLEY !
BISE
COUCOU, DOOLEY !
CASSOULET TRADITION
Tehem 97

?
CONSOLE +
DB
DB
?
Tehem97

SI, SI !... TU VAS VOIR ! C'EST UN VRAI RACISTE ! IL NE DONNE PAS DE SACHETS AUX BLACKS !!
TU RIGOLES ! L'ARGENT N'A PAS DE COULEUR !
96 FRANCS !
PROXY SHOP
POURRAIS-JE AVOIR UN SACHET, S'IL VOUS PLAIT ?...
?
FROUTCH
PROXY SHOP
PROXY SHOP
Tehem97

BEN ALORS ?! VOUS N'ÊTES PAS EN TENUE POUR LE STAGE "SURVIE EN SITE URBAIN" ?!?...
PFF
OK MAG
...ALLEZ, ALLEZ ! ON SE DÉPÊCHE !...
?
LA VILLE EST UNE JUNGLE !!
LES IMMEUBLES...
...SONT DES FALAISES !
LES VOITURES, UNE HORDE DE GNOUS SAUVAGES !!...
... LES FEUX DES SÉQUOIAS MAJESTUEUX !
SEULS S'EN SORTIRONT CEUX QUI SAURONT DOMPTER CE MONDE HOSTILE !!...
1470 NT 78
Tehem97

QUOI?! TU LIS ENCORE CES MAGAZINES DE MIDINETTES À TON ÂGE?!?
PFF
CASTING
MAIS REGARDE CES JEUNES GENS TOUS BEAUX, RICHES ET INTELLIGENTS, TU CROIS QUE C'EST ÇA LA VIE ?!!
HEIN ?
TOP!
GÉNIAL!
SUPER!
GIGA
TU CROIS QUE L'ARTICLE "CHOISIR SON ROUGE-À-LÈVRES"...
OVERCOOL!
...EST INCONTOURNABLE POUR TA CULTURE PERSONNELLE ?!?
SUPER DÉMENT!
SUPER-CO
GAGNE UNE SOIRÉE AVEC LES PISS-GIRLS!
GIGA SU
OUAIS!
SUPER GENI
NE SOIS PAS AUSSI SUPERFICIELLE QUE CES STARLETTES D'UN JOUR !!...
MEGA COO
TIP TOP!!
...CROIS-MOI, LA RÉALITÉ EST BIEN PLUS BELLE !!
GIGA
COOL!
TOP
Tehem 97

BON, ALORS... VOILÀ LA CAISSE...
...ICI, C'EST LES FRITES...
...LÀ, LA CHAMBRE FROIDE...
...ET ENFIN, LE GRILL.
ALORS? PAR QUEL POSTE AVEZ-VOUS CHOISI DE COMMENCER, MADEMOISELLE?
AUCUN!
J'AI CHANGÉ D'AVIS. J'VEUX PLUS FAIRE DES HAMBURGERS...
...JE PRÉFÈRE EN MANGER!
DB
tehem 97

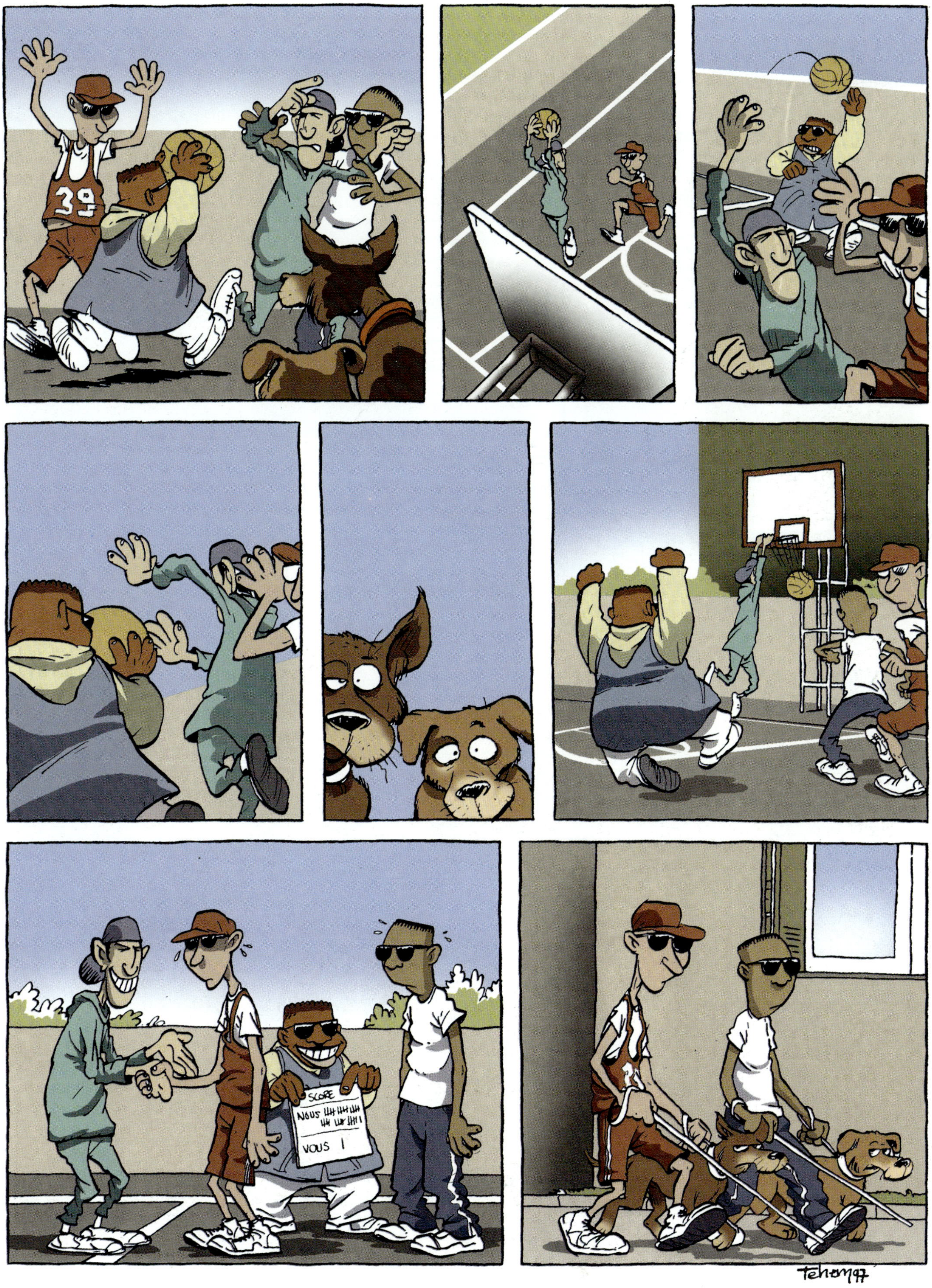
39
SCORE
NOUS
VOUS I
Tehem97

ENFIN ! IL EST TEMPS QUE TU TE DÉCIDES À TROUVER UN MAÎTRE D'APPRENTISSAGE !... Mr POISSONARD SE PROPOSE GENTIMENT...
PAS QUESTION !
... ALORS, LA PÂTISSERIE NE T'INTÉRESSE PAS, NON PLUS ?!
ÇA VA PAS, NON ?!? POUR BOSSER À 2 HEURES DU MAT' ?!?
ET LA MÉCANIQUE, ÇA NE TE PLAÎT PAS, LA MÉCANIQUE ?!?
POUR ÊTRE CRADE 24 HEURES SUR 24 ? NON MERCI !!!
ON PEUT SAVOIR QUELLES SONT, POUR TOI, LES CONDITIONS NORMALES D'UN TRAVAIL DIGNE DE CE NOM ?!?
C'EST SIMPLE !...
... BOSSER À PROXIMITÉ D'UN LIT ET D'UN FRIGO GÉANT, VOILÀ CE QUI SERAIT MEGATOP !!!
MORGUE
Tehem 97

?
ET C'EST QUOI LES TROIS TRAITS, LÀ ?!
?
...SI SI ! C'EST UNE TAILLE UNIQUE !... UN MODÈLE QUI FAIT FUREUR CHEZ LES JEUNES BRANCHÉS ! C'EST HYPER EXTENSIBLE !
SLIPS VELCRO 10 FF
...AH ÇA !...C'EST LE TOP DU TOP : LE MESSAGE DEVIENT LISIBLE EN ÉTIRANT LE TISSU !...
TROP COOL !
JE SUIS
VOUS AVEZ LE MÊME EN BLEU TURQUOISE ?
36
JE SUIS TROP !
BEN... SUR MOI, Y'A RIEN QUI APPARAÎT !...
IL VAUT PEUT-ÊTRE MIEUX, NON ?
GNN
JE SUIS
EFFECTIVEMENT...
JE SUIS TROP GRAS
Tehem 97

?
MAMOUPRIX
ACCUEIL
CONSIGNE
MA
SOLDES
OUAH! LE VIGILE, IL TE RESSEMBLE VACHEMENT!
NORMAL, C'EST MON FRANGIN!
T'AS PAS PEUR QU'IL TE CHOPE?
PFF. AUCUN RISQUE!
?
ONOU
MAIS?!? T'AS COMBIEN DE FRÈRES, AU JUSTE?
UN SEUL, MAIS IL EST MODÈLE DE VIGILE!
?
TU VEUX DIRE: VIGILE MODÈLE ?!
NON NON...
Tchem 98

JEUNESSE
JOJO LA PIEUVRE
MEUH
LA VACHE
MUSICALE
TOUT BERGSON
CAT
TOUT-PETITS
DOMINO
A
C
Tehem 98

VOUS ALLEZ VOIR, C'EST DÉMENT ! ON APPELLE ÇA LE BOWLING HUMAIN !... ÇA VIENT DES STATES !
PROJET FINANCÉ PAR LA MAIRIE
PFF. NAZE !
ICI, PAS DE BOULES ! C'EST VOTRE CORPS QUI FAIT TOMBER LES QUILLES !...
TROP COOL !
T'AS TES CHANCES, DOOLEY !...
VOUS PRENEZ VOTRE ÉLAN, VOUS GLISSEZ, ET ZOU !... DANS LES QUILLES !
LA MAIRIE A MIS LE PAQUET SUR LE CÔTÉ SYMBOLIQUE, POUR LA MOTIVATION !...
RACISME
ALCOOL
CHOMAGE
ALLEZ LES JEUNES ! CHAQUE QUILLE EST L'ENNEMI À ABATTRE !
TÉLÉVISION
SIDA
DROG
POUBELLE
DECHET
ORDU
Tehem 98

CH. J. FILLE. POUR GARDER ENF. SOIRÉE. REPAS FOURNI. PAS SÉRIEUX S'ABS.
...SI, SI, JE VOUS ASSURE, J'AI QUATRE ANS ET DEMI !
CH. EXTRA. POUR SERVICE SOIRÉE AMBASSADE. PAS SÉRIEUX S'ABS.
ANNONCES+
QU'EST-CE QUE C'EST QUE CES MANIÈRES ?!? ON NE LANCE PAS LES GLAÇONS DEPUIS LA TABLE DE SERVICE, ENFIN !!!
CH. VIGILE POUR SOIRÉE PRIVÉE. AIMANT VIEILLE MUSIQUE. PAS SÉRIEUX S'ABS.
HÉ, LES GARS ! DEVINEZ QUI VIENT SE FAIRE EMBAUCHER ?!?...
La horde Urbaine
LHU
Tehem 98

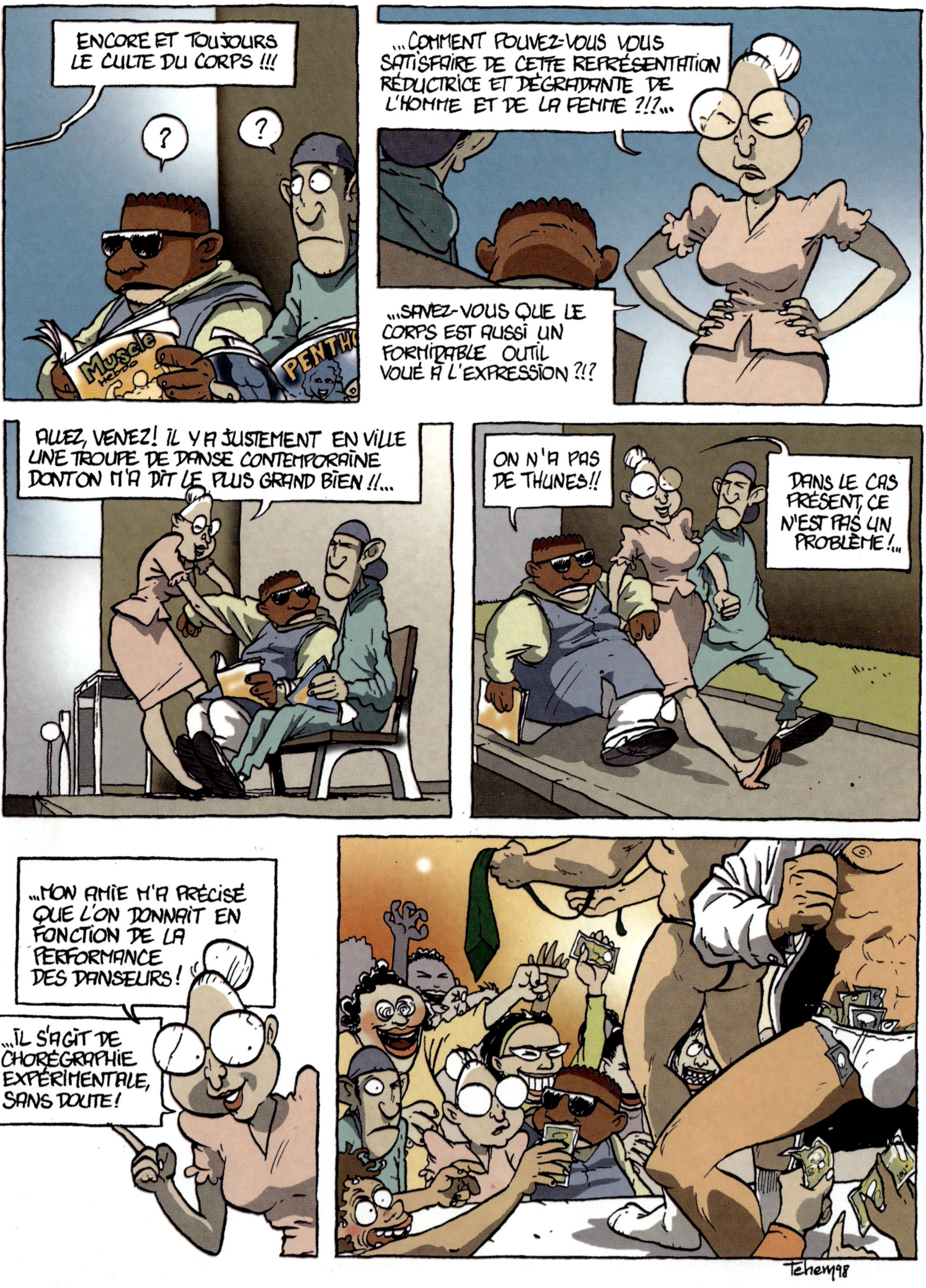

ENCORE ET TOUJOURS LE CULTE DU CORPS !!!
?
?
Muscle Hebdo
PENTHO
...COMMENT POUVEZ-VOUS VOUS SATISFAIRE DE CETTE REPRÉSENTATION RÉDUCTRICE ET DÉGRADANTE DE L'HOMME ET DE LA FEMME ?!?...
...SAVEZ-VOUS QUE LE CORPS EST AUSSI UN FORMIDABLE OUTIL VOUÉ À L'EXPRESSION ?!?
ALLEZ, VENEZ ! IL Y A JUSTEMENT EN VILLE UNE TROUPE DE DANSE CONTEMPORAINE DONT ON M'A DIT LE PLUS GRAND BIEN !!...
ON N'A PAS DE THUNES !!
DANS LE CAS PRÉSENT, CE N'EST PAS UN PROBLÈME !...
...MON AMIE M'A PRÉCISÉ QUE L'ON DONNAIT EN FONCTION DE LA PERFORMANCE DES DANSEURS !
...IL S'AGIT DE CHORÉGRAPHIE EXPÉRIMENTALE, SANS DOUTE !
Tehem98

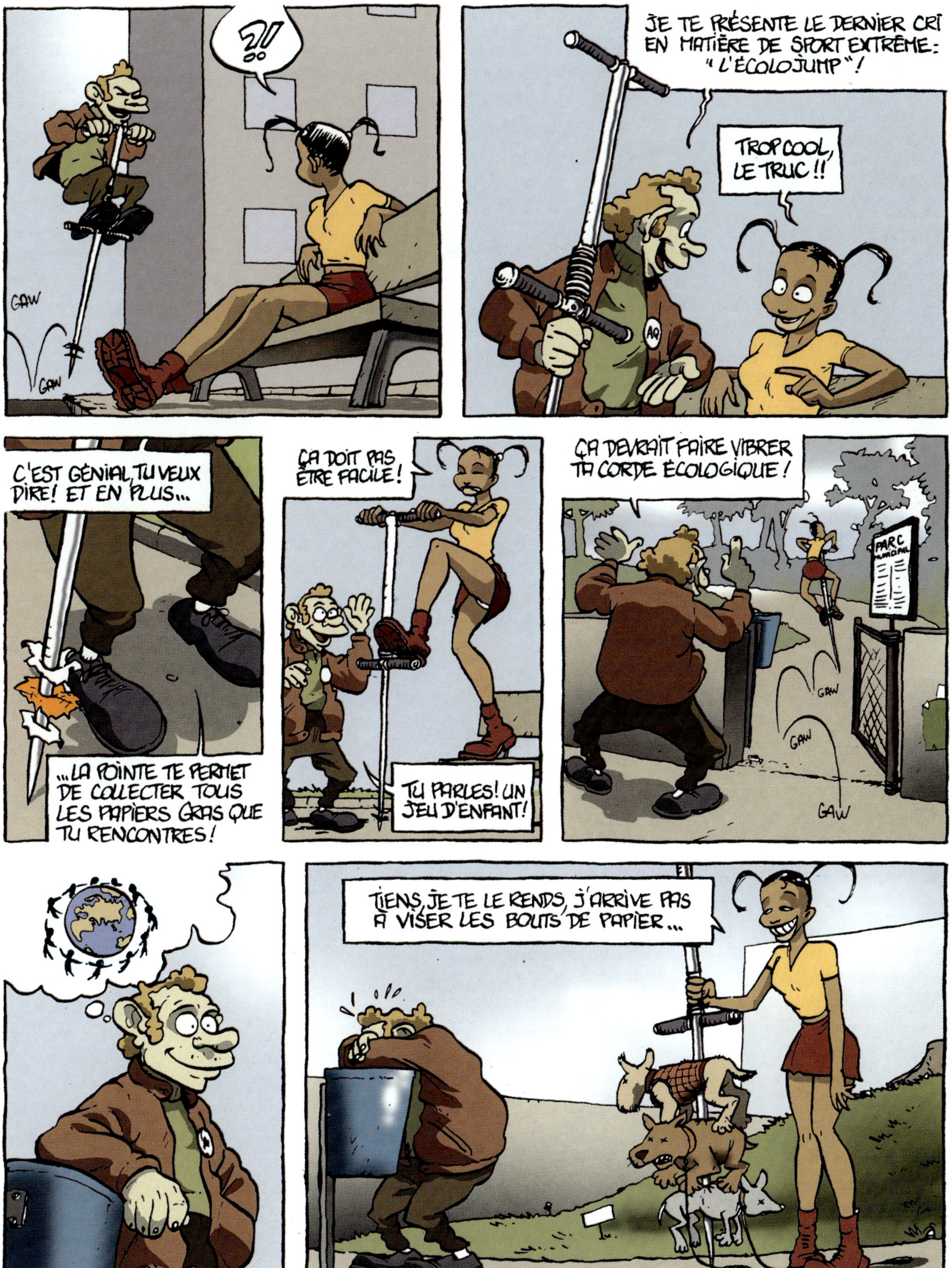
?!
GAW
GAW
JE TE PRÉSENTE LE DERNIER CRI EN MATIÈRE DE SPORT EXTRÊME : « L'ÉCOLOJUMP » !
TROP COOL, LE TRUC !!
C'EST GÉNIAL, TU VEUX DIRE ! ET EN PLUS...
...LA POINTE TE PERMET DE COLLECTER TOUS LES PAPIERS GRAS QUE TU RENCONTRES !
ÇA DOIT PAS ÊTRE FACILE !
TU PARLES ! UN JEU D'ENFANT !
ÇA DEVRAIT FAIRE VIBRER TA CORDE ÉCOLOGIQUE !
PARC
GAW
GAW
GAW
TIENS, JE TE LE RENDS, J'ARRIVE PAS À VISER LES BOUTS DE PAPIER...
Tehem 98

CIRCUIT VTT
OFFERT PAR LA MAIRIE
FAITES ATTENTION, LES GARS! LE PARCOURS EST TRÈS SÉLECTIF!
À L'AISE!
ÇA? SÉLECTIF?! HA! HA! HA! HA!
PFF! FACILE!
1 SEUL VAINQUEUR
HIN HIN HIN!
IL N'Y EN AURA QU'UN
ARRIVÉE
Tehem 98

DIS DONC, DOOLEY! TU TE CROIS À LA MAISON ?!?...
DIS DONC, DOOLEY! TU TE CROIS À LA MAISON ?!?...
BONBON VRAC
TOC TOC
DIS DONC, DOOLEY! TU TE CROIS À LA MAISON ?!?....
JAMBON 39 90 le kg
DIS DONC, DOOLEY! TU TE CROIS À LA MAISON ?!?...
DIS DONC, DOOLEY! TU TE CROIS À LA MAISON ?!?
DIS DONC, DOOLEY! TU TE CROIS AU SUPERMARCHÉ ?!?
Tehem 98

RONFLE
NIKE
Tehem97

GRiiiiii
BONJOUR! TES PARENTS SONT LÀ? ON VEND DES...
NAN! ET PIS J'EN VEUX PAS!
ET PIS, Y FAUT PAS DONNER DE L'ARGENT AUX NOIRS ET AUX ZARABES, Y DIT PAPA!
IL NOUS RESTE 10 TIMBRES À VENDRE, TU VAS BIEN NOUS LES ACHETER, DIS ?!?...
?!?
ALLEZ HOP! TU NOUS CONDUIS AU PORTE-MONNAIE DU PAPA!...
NAAAN!
NAN!
ALLONS! T'AS BIEN 2 OU 3 PIÈCES DE 10 FRANCS?!
NAN!
NAN
REGARDE CE QUE J'AI TROUVÉ: UNE SUPERBE BOUTEILLE D'HUILE DE RICIN!...
ÇA TOMBE BIEN, J'AI TROUVÉ UNE PETITE CUILLÈRE!
VOUS AVEZ TOUT VENDU ?!? BRAVO, LES ENFANTS!...
ACHETEZ DES TIMBRES CONTRE L'ENFANCE MALTRAITÉE
10F
Téhem 98

REGARDE! ON L'A PAS ESSAYÉ, CELUI-LÀ!!
TITANIC
YOUGOWAR
AH OUAIS, ÉVITATOR! ILS EN PARLENT DANS ARCADE-MAG! ILS LUI ONT MIS SIX ÉTOILES!!...
OH?
EVITATOR
"BUT DU JEU : ÉVITER LES VÉHICULES VENANT D'EN FACE. UN RÉALISME ÉPOUSTOUFLANT. TOUT Y EST : VITESSE, BRUIT, ET MÊME VIBRATIONS!!..."
ARKAD
ALLEZ, ON ESSAIE!
INSERT COIN
OUVERTURE DU SAS!...
OUAH! LE GRAPHISME DU SAS!!...
TROP COOL! C'EST COMME EN VRAI!...
GAMES
PARADISE
Tehem 98

TF1
SERIE BANLIEUE
PANNEAU N°12